W0313394

Ursel Scheffler

Kugelblitz als Weihnachtsmann

Illustriert von Johann Brandstetter
und Hannes Gerber

Hase und Igel®

Hallo, liebe Detektive,

Weihnachtstrubel herrscht überall – leider auch bei uns im Kommissariat. Tja, Gauner machen eben keine Weihnachtspause!
In diesem Jahr ist es besonders schlimm: Eigentlich wollte ich am Wochenende mit meinem Neffen Martin gemütlich Zimtsterne backen und mal abschalten. Aber ehe die Kekse fertig waren, war ich mittendrin im Fall „Kapuzenräuber“ …

Und jetzt soll ich auf dem Polizeiweihnachtsfest auch noch den Weihnachtsmann spielen. Ich mach mich doch nicht zum Affen!

Na, morgen, Kinder, wird's was geben …
Blättert schnell um und lest weiter. Ich bin ganz sicher: Gemeinsam lösen wir auch diesen Fall!

Fröhliche Weihnachten wünscht euch

euer Isidor Kugelblitz

Für Lehrkräfte gibt es zu diesem Buch ausführliches Begleitmaterial beim Hase und Igel Verlag.

Originalausgabe

www.hase-und-igel.de
Lektorat: Sandra Hummel, Patrik Eis
Druck: Grafisches Centrum Cuno GmbH & Co. KG

ISBN 978-3-86760-205-1
6. Auflage 2017

1. Der Kapuzenräuber

Kommissar Kugelblitz eilt mit finsterer Miene an dem Weihnachtsmann im roten Kapuzenmantel vorbei, der vor dem Kaufhaus steht und ihm freundlich „Hohoho! Frohe Weihnachten!“ zuruft.

In drei Tagen ist der zweite Advent. Doch Kugelblitz ist gar nicht weihnachtlich zumute, als er durch das trübe Nieselwetter seiner Dienststelle zustrebt. Im Augenblick ist er auf Kapuzenträger nicht gut zu sprechen. Dafür kann der arme Kaufhaus-Weihnachtsmann allerdings nichts.

Polizeichef Klaus Bingo hat Kugelblitz gerade am Telefon die Hölle heißgemacht, weil der Kapuzenräuber immer noch nicht gefasst ist: Ein Gauner, der im dunklen Kapuzenpullover reihenweise Ladenkassen ausraubt. Vorzugsweise bei Juwelieren …

Als Kugelblitz sein Büro betritt, hellt sich seine Stimmung etwas auf. Es duftet nach Plätzchen und Tannengrün! Seine drei Assistenten erwarten ihn schon.

„Möchten Sie meine Butterplätzchen probieren, Chef?“, fragt Fritz Pommes.

„Hat er selbst gebacken!“, versichert Sonja Sandmann.

„Selbst gebastelt …“, behauptet Peter Zwiebel und zeigt auf einen Stern aus Goldpapier. „… von unseren Zwillingen“, fügt er rasch hinzu, als ihn Kugelblitz etwas ungläubig ansieht.

„Netter Empfang“, brummt Kugelblitz und zwinkert. „Habt ihr drei etwas ausgefressen oder wollt ihr etwas von mir?“

„Letzteres“, sagt Zwiebel. „Wir müssen doch die Polizeiweihnachtsfeier organisieren, Chef. Jetzt fehlt uns nur noch der Weihnachtsmann für die Kinderbescherung. Könnten Sie nicht vielleicht …?“

„Weihnachtsmann? Iiiich? Seid ihr verrückt?“, ruft Kugelblitz entsetzt.

„Sie haben die ideale Figur, Chef!“, versichert Sonja Sandmann.

„Die perfekte Besetzung für diese wichtige Rolle“, bestätigt Pommes. „Die Kinder werden Sie lieben!“

„Am Kinn noch einen Wattebart …“, überlegt Sonja Sandmann. Sie legt den Zeigefinger an die hübsche Nase und mustert Kugelblitz kritisch von der Seite.

„Grrr! Ich mach mich doch nicht zum Affen!“, knurrt Kugelblitz leicht genervt. „Außerdem hab ich so viel zu tun, dass ich gar nicht weiß, wo mir der Kopf steht. – Gibt es neue Erkenntnisse im Fall ‚Kapuzenräuber‘? Wo sind die Zeugenaussagen?“

„Auf Ihrem Schreibtisch, Chef“, sagt Pommes.

Fünf Minuten später steckt Kugelblitz schon wieder voll in der Arbeit.

Unverfroren, dieser Kerl: sieben Einbrüche in Juweliergeschäfte in drei Wochen! Das Verrückte ist, dass es bis jetzt nicht gelungen ist, den Gauner zu fassen, obwohl es bereits jede Menge Fotos von ihm gibt. Und der Kerl weiß das! Manchmal scheint er an mehreren Orten gleichzeitig zuzuschlagen. Oft besitzt er sogar die Frechheit, fröhlich in die Kamera zu winken, ehe er mit seiner Beute vom Tatort verschwindet.

„Habt ihr schon ein Phantombild vom Kapuzenräuber machen lassen?“, fragt Kugelblitz seine Assistenten.

„Wie denn? Keiner hat sein Gesicht gesehen“, sagt Fritz Pommes. „Er hat die Kapuze immer tief ins Gesicht gezogen und trägt eine Sonnenbrille.“

„Trotzdem gibt es genug Merkmale: Der Mann ist mittelgroß, trägt immer einen grauen Kapuzenpullover, einen rot-weiß gestreiften Wollschal, weiße Handschuhe und schwarze Joggingschuhe mit weißen Schuhbändern.“ Kugelblitz schiebt seinen Assistenten die Videobilder vom letzten Überfall hin. „Die Bilder stammen vom Einbruch beim Juwelier Reichelstein in der Klunkergasse am vergangenen Samstag.“

„Man erkennt die Umrisse der Figur, die Kleidung, die Brille und die große, dickbauchige Bügeltasche, die er immer dabeihat ...", überlegt Pommes.

„Vermutlich hat er da sein Einbruchswerkzeug drin", bemerkt Sonja Sandmann.

„Und Platz genug für das Diebesgut ist in der Tasche auch", fügt Zwiebel hinzu.

„Das ist doch schon eine ganze Menge. An die Arbeit, Freunde!", ruft Kugelblitz. „Lasst das Phantombild zeichnen."

Fragen an alle Detektive mit scharfer Beobachtungsgabe:

- Wie sieht der Wollschal des Kapuzenräubers aus?
- Welche Schuhe trägt der Einbrecher?
- Welche Farbe haben seine Handschuhe?
- Wie sieht sein Pullover aus?
- Wie transportiert er das Tatwerkzeug?

2. Zucker, Zimt und Zaster

Am Wochenende ist Kugelblitz bei seiner Schwester zum Plätzchenbacken eingeladen. Das hat er ihrem Sohn Martin schon im September versprochen. Er sieht auf die Uhr. Eigentlich wollte er schon vor einer Stunde da sein. Aber der Fall „Kapuzenräuber“ hat ihn leider auch am Wochenende beschäftigt. Zumal Polizeichef Bingo ihm noch einmal Druck gemacht hat. Kein Wunder: Der ausgeraubte Juwelier Reichelstein aus der Klunkergasse ist sein Schwager.

Als Isidor Kugelblitz die Treppe zur Wohnung seiner Schwester Ulla hinaufeilt, duftet es schon nach Zimt und Vanille. Er klingelt.

Martin öffnet die Tür. „Hi, Onkel Isidor! Da bist du ja endlich. Ich dachte schon, du kommst nicht!“

„Komm schon rein, Isy!“, ruft seine Schwester und winkt mit der mehligen Hand aus der Küchentür. „Du darfst gleich den Teig probieren. Plätzchen backen ist die beste Entspannung für einen überarbeiteten Kriminaler!“

„Darf ich die Zimtsterne ausstechen?“, fragt Kugelblitz.

„Erst Hände waschen!“, grinst Martin.

Gehorsam krempelt Kugelblitz die Ärmel hoch und dreht den Wasserhahn auf.

Ein paar Minuten später sieht Kugelblitz aus wie der Chefkoch einer großen Hotelküche. Mit einer riesigen Schürze vor dem Bauch rollt er den Teig für Martins Lieblingsrezept aus.

Bald reiht sich Stern um Stern auf dem Blech.

„Kommt ihr zwei allein zurecht?“, ruft Ulla aus dem Flur. „Ich muss noch schnell etwas besorgen!“

„Na logo, Mama!“, antwortet Martin, der sich darauf freut, seinen Onkel eine Weile für sich zu haben, denn er muss ihm dringend etwas erzählen.

MEHL

„Tschüss!“, ruft Ulla noch, dann klappt die Wohnungstür zu.

„Wenn einer unschuldig im Gefängnis sitzt, kannst du da was machen, Onkel Isidor?“, fragt Martin, während er die Zimtsterne mit der Glasur bepinselt.

„Leider kann da ein Ermittler wie ich wenig erreichen. Da braucht man vor allem einen guten Rechtsanwalt. Aber sag mal, das fragst du mich doch nicht ohne Grund?“, erkundigt sich Kugelblitz.

„Es geht um Marios Papa. Du weißt schon, die Sache mit dem Weihnachtsmann, der am ersten Adventssamstag die fetten Einnahmen im Kaufhaus City-Center geraubt hat.“

„Tiberio Scorta? Der diebische Weihnachtsmann ist Marios Papa?“, ruft Kugelblitz überrascht.

„Ja – das heißt: nein. Tiberio Scorta ist Marios Papa. Aber er war es natürlich nicht.

Irgendwer hat erfolgreich versucht, ihm die Schuld an dem Überfall in die Schuhe zu schieben."

„Wenn ich mich recht erinnere, hat Tiberio Scorta das Weihnachtsmannkostüm ausgeliehen und man hat auch eine Zigarettenkippe mit seinen Speichelspuren am Tatort gefunden. Die DNA-Spuren konnten aufgrund der Laboruntersuchung eindeutig Scorta zugeordnet werden", erinnert sich Kugelblitz.

„Mario sagt, dass sein Papa seit dem 1.11. um 11.11 Uhr nicht mehr raucht. Das hat er seiner Mama als Geburtstagsgeschenk versprochen. Und dass die Kippe von früher sein muss. Bestimmt hat sie jemand vorher aufgehoben und dann dort hingelegt. Und das Kostüm hat einer in seinem Namen ausgeliehen."

„Du meinst, jemand hat absichtlich falsche Spuren gelegt?"

„Genau“, sagt Martin. „Mario sagt, sein Papa würde nie im Leben klauen. Schließlich arbeitete er schon seit Jahren als zuverlässiger Wachmann bei der Wachgesellschaft Bonitas. Da riskiert er doch nicht seinen Job!“

„Moment mal“, sagt Kugelblitz. „Soweit ich mich erinnere, hat man außerdem Scortas Fingerabdrücke auf der Taschenlampe gefunden. Und auch auf dem leeren Zigarettenpäckchen, das er auf seiner erfolgreichen Flucht in der Tiefgarage des Kaufhauses verloren hat.“

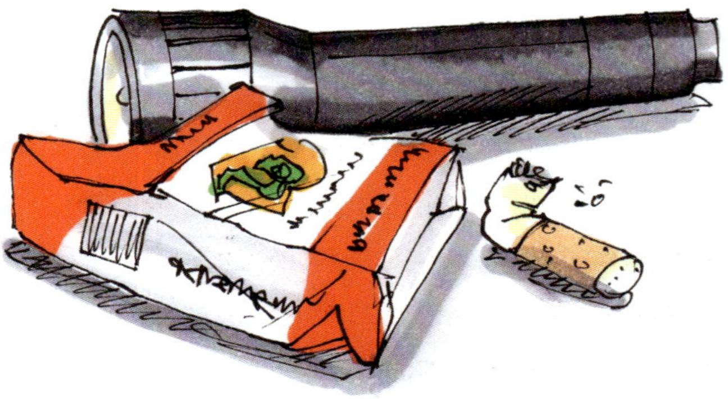

„Die Taschenlampe, die Zigarettenkippe und das Zigarettenpäckchen – ist das nicht eine Spur zu deutlich? Außerdem hat doch die Verkäuferin gesagt, dass der Weihnachtsmann weiße Handschuhe trug. Auch auf allen Bildern der Videokameras hat der Täter Handschuhe an. Und dann findet man die Taschenlampe mit den deutlichen Fingerabdrücken von Tiberio Scorta in der Tiefgarage. Wie passt das zusammen?"

„Da hast du allerdings recht", sagt Kugelblitz nachdenklich. „Es könnte sein, dass jemand die Fährte absichtlich gelegt hat, um den Verdacht auf Marios Papa zu lenken."

„Genau das sagt Marios Papa auch. Aber es glaubt ihm keiner."

„Na gut. Die Beweise sprechen jedoch leider gegen ihn", seufzt Kugelblitz.

„Indizienbeweise", sagt Martin fachkundig. „Aber schlaue Gauner können einfach falsche Spuren legen und die Polizei austricksen."

„Das kommt vor", gibt Kugelblitz zu.

„Und dann packt der Räuber noch das Weihnachtsmannkostüm mit der Kennzeichnung des Kostümverleihs in die Mülltonne in der Tiefgarage. Wo doch jeder weiß, dass die Polizei am Tatort auch im Müll nachschaut ...", ergänzt Martin aufgebracht. „So doof ist Marios Papa nun wirklich nicht!"

Kugelblitz lächelt. Er freut sich über die kriminalistische Kombinationsgabe seines Lieblingsneffen.

„Du hast völlig recht. Die Spuren zu Marios Papa sind eine Spur zu deutlich", überlegt Kugelblitz.

Da klingelt der Kurzzeitwecker.

„Wo sind die Topflappen?", fragt Kugelblitz, der sich auch beim Plätzchenbacken nicht gern die Finger verbrennt.

Martin gibt sie ihm.

„Gerade richtig!“, sagt Kugelblitz zufrieden, als er das Blech aus dem Ofen holt. „Den Fall ‚Zimtsterne‘ haben wir im Griff. Mal sehen, was wir in Bezug auf Marios Papa herausfinden können.“

Als das nächste Blech im Ofen ist, fragt Kugelblitz: „Wer könnte denn Interesse daran haben, Marios Papa hinter Gitter zu bringen?“

„Einer, der auf seinen Job scharf ist“, sagt Martin. „Mario hat da einen Verdacht. Er sagt, vor längerer Zeit hat sein Papa einmal davon erzählt, dass sechs Kollegen von der Wachgesellschaft Argo, bei der er früher einmal gearbeitet hat, auf ihn eingeredet haben. Sie wollten, dass er ihnen eine Kopie des Sicherheitsschlüssels zum Tresorraum der Hansa-Bank beschafft, der von seiner neuen Firma Bonitas überwacht wird. Das hat Marios Papa natürlich nicht gemacht."

„Und wo sind diese ehemaligen Kollegen jetzt?"

„Nachdem die Wachgesellschaft Argo vor einem Jahr Pleite gegangen ist, arbeiten sie als Türsteher in Diskotheken oder als Bodyguards in einer Schutztruppe für Prominente."

„Du vermutest, dass einer von denen sich an Marios Papa rächen wollte und mit falschen Spuren den Verdacht auf ihn gelenkt hat?"

Martin nickt heftig.

In diesem Augenblick klingelt es.

„Bestimmt Mama", sagt Martin und läuft zur Wohnungstür.

Während Martin die Wohnungstür öffnet, ist Zeit für eine Frage an alle Detektive, die im Spurensuchen nicht ganz unerfahren sind:

- Welche vier Indizienbeweise haben Marios Papa ins Gefängnis gebracht?

3. Marios Verdacht

Martin öffnet die Tür. Aber nicht seine Mutter, sondern sein Freund Mario steht auf der Matte.

„Komm rein, mein Onkel Isidor ist da!“, sagt Martin und schiebt Mario in die Küche. „Wir backen Zimtsterne.“

Kugelblitz kennt Martins Freund schon lange. „Hallo, Mario!“, begrüßt er ihn. „Gerade haben wir von dir gesprochen.“

Mario schluckt. Tränen steigen in seine Augen. „Und von meinem Papa?“

„Martin hat mir erzählt, dass ihr ihn für unschuldig haltet.“

„Er ist unschuldig“, sagt Mario fest. „Sie haben ihn reingelegt, weil er den Tresorschlüssel nicht kopieren wollte. Bestimmt steckt dieser Ronnie dahinter … Wir haben erfahren, dass er Papas Job bekommen hat!“

„Ronnie – ist das einer der Kollegen aus der alten Firma?“, erkundigt sich Kugelblitz.

Mario nickt.

„Ein Verdacht ist allerdings noch kein Beweis“, brummt Kugelblitz.

„Ich weiß“, seufzt Mario.

„Aber falsche Beweise sind auch nichts wert“, erwidert Martin.

„Ich denke, die Gauner planen einen Bankraub. Und jetzt soll bestimmt dieser Ronnie den Nachschlüssel für den Tresorraum der Bank besorgen, den sie von Papa nicht bekommen haben", erklärt Mario.

„Du glaubst, es ist eine richtige Bande?"

Mario nickt finster. „Und sie sind ziemlich gerissen. Sie planen eine ganz große Sache, vermutet mein Papa."

„Ich werde sehen, was ich für deinen Papa tun kann, Mario", sagt Kugelblitz, als sie kurz darauf bei Tee und Weihnachtsplätzchen sitzen. „Ich glaube, ich hab schon eine Idee. Mein Assistent Pommes könnte dabei als Undercoveragent nützlich sein ..."

Nachgefragt bei jungen Detektiven:

- Was ist ein Undercoveragent?
- Wo könnte Pommes undercover eingesetzt werden, um im Fall von Marios Papa zu ermitteln?

4. Pommes undercover

Drei Tage später tritt Polizeiobermeister Fritz Pommes unter dem Namen Hans Rotbarsch einen Aushilfsjob bei der Firma Bonitas an.

„Wir haben einen neuen Kollegen“, sagt der Personalchef, als er Pommes den anderen Mitarbeitern vorstellt. „Er heißt Hans Rotbarsch und kommt aus Cuxhaven.“ Zu Pommes gewandt fährt er fort: „Bedauerlicherweise mussten wir uns vor Kurzem von einem Mitarbeiter trennen.“

„Tja, der sitzt im Knast“, grinst Ronnie Ankermann, der diese Bemerkung gehört hat, und schiebt seinen Kaugummi lässig von einem Mundwinkel in den anderen. Gleichzeitig mustert er Pommes argwöhnisch von oben bis unten und sagt spöttisch: „Rotbarsch – na so was. Wie viel hast du für das ‚b‘ bezahlt, alter Junge?“

Pommes überhört die freche Bemerkung und der Personalchef sagt: „Hans Rotbarsch soll erst mal den Telefondienst machen. Kannst du ihm die Anlage erklären, Ronnie?"

„Aber klar doch", grinst Ronnie gönnerhaft. „Obwohl ich keinen Fisch mag."

In der Frühstückspause versteckt Pommes eine Überwachungskamera in einem Aktenordner und stellt ihn in den Raum, in dem sich der Sicherheitsschrank mit den Schlüsseln aller Kunden befindet. Die Kamera hat Funkkontakt mit dem Bildschirm auf seinem Laptop. So kann er von seinem Arbeitsplatz in der Telefonzentrale aus den Schrank mit den Schlüsseln der Wachdienstkunden unauffällig beobachten.

Lange Zeit geschieht nichts. Aber dann – kurz vor der Mittagspause – öffnet sich die Tür. Ronnie schleicht herein, öffnet den Stahlschrank, nimmt einen Schlüssel heraus, macht einen Abdruck in einer weichen Masse und legt den Schlüssel kurz darauf wieder zurück.

„Treffer!“, murmelt Pommes zufrieden und speichert das Video auf seinem Laptop.

Und dann hat der verdeckte Ermittler noch einmal Glück: In der Mittagspause wird er Zeuge eines interessanten Telefonats.

Ronnies Handy klingelt nämlich gerade, als er mit seinen Kollegen in der Kantine sitzt. Wie viele Handybenutzer redet er lauter als beabsichtigt: „Wann kommt dein

Zug aus Leipzig am Samstag an, Boris?" – „Gut, ich hol dich ab. Wir treffen Ulf vor dem Sofa, Samstag um 17.30 Uhr." – „Diesmal klappt es bestimmt. Ich hab schon mal die Blumen besorgt. Alles läuft wie abgemacht …"

Stolz berichtet Undercoveragent Pommes am Abend Kommissar Kugelblitz, was er herausgefunden hat.

„Wirklich höchst interessant", murmelt Kugelblitz.

„Aber was will dieser Ronnie mit Boris, Ulf und Blumen vor dem Sofa?", wundert sich Pommes. „Das ist wohl ein Code?"

Kurz nachgefragt:

- Kannst du den Code entschlüsseln? Wie muss die Nachricht richtig lauten?

„Ich nehme an, dass ‚Sofa' das vereinbarte Codewort für ‚Bank' ist und dass ‚Blumen' für ‚Schlüsselblumen' steht", vermutet Kugelblitz.

„Ah, clever Chef. Da muss man erst einmal draufkommen. Er teilt also Boris mit, dass er an die Schlüssel gekommen ist und dass sie sich mit Ulf vor der Bank treffen", dämmert es Pommes.

„So ist es. Und ich werde jetzt gleich einmal mit Bankdirektor Brökelmann sprechen." Er greift zum Telefon.

Von Brökelmann erfährt Kommissar Kugelblitz, dass am kommenden Samstag um 17.00 Uhr die große Weihnachtsfeier für die Bankangestellten und ihre Familien stattfindet.

„Ein Jugendorchester wird spielen, die Alsterspatzen werden singen und die Kinder der Angestellten bekommen kleine Überraschungen …", berichtet Brökelmann stolz.

Kugelblitz deutet ihm an, dass eine zusätzliche Überraschung ganz besonderer Art geplant sei, dass er darüber aber nicht gern am Telefon sprechen wolle, sondern lieber gleich vorbeikomme.

Ehe Kugelblitz sein Büro verlässt, hat er bereits einen Plan. Als er schon halb aus der Tür ist, dreht er sich noch einmal um

und sagt augenzwinkernd zu seinem Assistenten: „Dann besorgen Sie schon mal beim Kostümverleih oder im Schauspielhaus drei Paar Engelsflügel und ein Weihnachtsmannkostüm in XXL."

Zwei Fragen an pfiffige Detektive:

- Welche Hilfsmittel setzt Pommes bei der Beobachtung des Verdächtigen Ronnie ein?
- Für wen braucht Kugelblitz drei Paar Engelsflügel und für wen ist das Weihnachtsmannkostüm in XXL?

5. Kugelblitz als Weihnachtsmann

Bankdirektor Brökelmann von der Hansa-Bank fällt aus allen Wolken, als er erfährt, was der Gauner Ronnie Ankermann und seine beiden Freunde vermutlich im Schilde führen. „Ach du liebe Zeit! Verhaften Sie die Kerle sofort!“, ruft er.

„Wenn das so einfach wäre. Wir müssen sie auf frischer Tat ertappen“, bedauert Kugelblitz. „Sonst streiten sie alles ab.“

„Sie meinen, diese Gauner müssen erst die Bank überfallen? Auf unserer Weihnachtsfeier? Das ist doch viel zu gefährlich!“

„Ich werde persönlich anwesend sein, Herr Brökelmann“, verspricht Kommissar Kugelblitz. „Als Weihnachtsmann mit drei Engeln. Und sobald die Räuber im Tresorraum sind, schließen wir sie dort ein. Nach der Bescherung soll sich dann der Staatsanwalt um die Burschen kümmern.“

So kommt es, dass am dritten Adventssamstag überraschend ein kleiner dicker Weihnachtsmann mit drei Engeln die Geschenke in der Hansa-Bank verteilt.

Die Kinder freuen sich und die Angestellten wundern sich: Sonst steckt doch immer der Chef im Weihnachtsmannkostüm, aber der ist groß und dünn!

Als die Alsterspatzen bei gedämpftem Licht und festlichem Kerzenschein „Morgen, Kinder, wird's was geben" anstimmen, huschen drei unauffällige Schatten hinter dem Weihnachtsbaum an der Wand entlang.

Die Gauner hatten sich in der Besenkammer versteckt und einen passenden Moment abgewartet, um unbemerkt zur Treppe zu schleichen, die hinter dem großen Tannenbaum in die Tresorräume hinunterführt.

Ronnie und seine Komplizen Boris und Ulf fühlen sich ziemlich sicher, denn sie wissen, dass das Alarmsystem der Bank während der Weihnachtsfeier abgeschaltet ist …

Kugelblitz ist die geräuschlose Aktion jedoch nicht entgangen. Er hat sich hinter dem Tannenbaum versteckt und späht durch sein Nachtsicht-Fernglas. Damit erkennt er genau, was sich im Dunkeln abspielt.

Nachdem die drei Räuber ins Untergeschoss abgetaucht sind, lässt er kurz eine Mini-Taschenlampe aufleuchten. Das ist das vereinbarte Signal.

Jetzt geht alles ganz schnell. Engel Pommes stellt sich an den Ausgang, um den Dieben notfalls den Rückweg abzuschneiden.

Während alle Anwesenden gerührt den Alsterspatzen lauschen, die jetzt aus voller Kehle „Stille Nacht“ singen, schlüpfen

Sonja Sandmann und Peter Zwiebel unbemerkt aus ihren Engelsgewändern und huschen in dunklen Trainingsanzügen die Treppe zum Tresorraum hinunter.

Mit einem lauten *Rummms!* fällt Sekunden später die schwere Stahltür hinter den Bankräubern ins Schloss.

Kurz darauf stehen die Engel Sandmann und Zwiebel wieder auf ihrem Platz und heben den rechten Daumen zum Zeichen, dass alles planmäßig verlaufen ist.

„Alles in Ordnung!“, raunt Kugelblitz Bankdirektor Brökelmann zu. „Die Falle ist zugeschnappt. Die Räuber sind im Tresorraum sicher aufgehoben – bis nach der Weihnachtsfeier.“

Brökelmann zögert einen Augenblick mit der Antwort. „Äh – Sie meinen, wir sollen einfach weitermachen?“

„Na klar. Der Tresorraum ist dreimal so groß wie eine Gefängniszelle! Ich verständige schon mal die Kollegen, dass sie unauffällig mit den Haftbefehlen und der grünen Minna anrücken sollen. Und jetzt machen wir mit dem Programm weiter. Die Kinder wären sonst sehr enttäuscht. Schließlich muss ich mit meinen Engeln noch Marzipan, Schokolade und Plätzchen verteilen.“ Er winkt seine Assistenten herbei.

Ronnie und seine beiden Komplizen kriegen ihre Bescherung nach der Bescherung: Sie kommen in Untersuchungshaft.

Den versuchten Banküberfall können sie ja nun nicht abstreiten. Aber mit dem Raub der Kaufhausgelder im City-Center wollen sie absolut nichts zu tun haben.

„Ich denke, da hat man den Täter schon gefasst“, sagt Ronnie frech. „Diesen Gauner Tiberio Scorta!“

„Ich denke nicht, dass er es war. Den Trick mit den falschen Spuren hat sogar mein jüngster Assistent Martin durchschaut“, sagt Kugelblitz ernst.

„Welche falschen Spuren?“, fragt Ronnie scheinheilig nach.

„Die Fingerabdrücke auf der Lampe und auf den Zigaretten stammten zwar von dem

Verdächtigen. Aber der echte Täter trug Handschuhe."

„Die Handschuhe zieht man manchmal aus, wenn man eine Taschenlampe ausmacht oder ein Zigarettenpäckchen aufreißt, oder nicht?", gibt Ronnie zu bedenken. „Wer raucht schon mit Handschuhen?"

„Da haben Sie recht!", stimmt Kugelblitz zu und lächelt. „Wie gut, dass ich unser Gespräch aufgezeichnet habe. Sie haben durch zwei Bemerkungen verraten, dass Sie mit Sicherheit am Kaufhausüberfall beteiligt waren. Es wird Ihnen schwerfallen, das Gegenteil zu beweisen."

„Ich will sofort mit meinem Anwalt sprechen", sagt Ankermann. „Der wird Ihre ungeheuerlichen Anschuldigungen im Handumdrehen widerlegen!"

„Das wollen wir erst mal sehen", sagt Kugelblitz.

Drei Fragen an alle Detektive, die sich auch durch einen Indizienbeweis nicht auf die falsche Spur lenken lassen:

- Wie viele Gangster schlichen in den Tresorraum?
- Erinnerst du dich an ihre Namen?
- Wodurch verriet sich Ronnie?

6. Kugelblitz auf Spurensuche

„Als Weihnachtsmann sehen Sie richtig zum Anbeißen aus, Chef!“, sagt Sonja Sandmann am Montag im Büro und deutet auf die Fotos auf dem Schreibtisch.

„Zum Glück bin ich nicht aus Schokolade“, brummt Kugelblitz. „Woher sind die Fotos?“

„Die Sekretärin von Bankdirektor Brökelmann hat uns die Bilder von der Weihnachtsfeier heute Morgen per E-Mail geschickt.“

Kugelblitz betrachtet die Bilder und schmunzelt: „Vielleicht sollte ich über eine neue Dienstuniform nachdenken?“

Zwiebel nutzt die gute Laune des Chefs und fragt: „Könnten Sie nicht doch auf der Betriebsweihnachtsfeier den Weihnachtsmann machen? Bitte, Chef!“

„Jetzt, wo Sie die Klamotten schon haben“, fügt Pommes hinzu.

„Na gut, aber nur, wenn ihr drei euch auch wieder als Engel verkleidet“, erwidert Kugelblitz gut gelaunt.

Da klingelt das Telefon …

Es ist ein Kollege von der Spurensicherung. Bei der Durchsuchung von Ronnie Ankermanns Wohnung hat man einen rot-weiß gestreiften Wollschal und einen grauen Kapuzenpullover gefunden.

„Sieht so aus, als hätten wir ganz nebenbei auch den Kapuzenräuber geschnappt!“, sagt Kugelblitz überrascht, nachdem er das Gespräch beendet hat. Er berichtet seinen Assistenten, was er soeben erfahren hat.

„Das ist doch fabelhaft!“, ruft Sonja Sandmann. „Das müssen wir feiern.“

„Ich koch gleich mal Cappuccino für alle“, grinst Pommes. „Oder besser *Kapuzino*?“

„Halt, halt! Hundertprozentig sicher bin ich mir da noch nicht“, bremst Kugelblitz die Feierlaune. „Das erscheint mir alles ein bisschen zu einfach. Ronnie Ankermann streitet alles ab. Und für den Überfall auf den Juwelier Reichelstein hat er ein wasserdichtes Alibi. Das kann er also schon einmal nicht gewesen sein."

„Aber der Schal und der Pullover?", fragt Pommes.

„Einen rot-weiß gestreiften Schal und einen grauen Kapuzenpullover kann schließlich jeder haben", sagt Kommissar Kugelblitz.

„Ronnie Ankermann hat immerhin auch die richtige Größe", bemerkt Pommes.

„Und eine Sonnenbrille", fügt Zwiebel hinzu.

„Und man hat bei ihm schwarze Joggingschuhe mit weißen Schuhbändern gefunden“, ergänzt Sonja Sandmann.

„Sein Anwalt hat nur gelacht und gesagt, einen grauen Kapuzenpullover habe er auch im Schrank. Und schwarze Joggingschuhe mit weißen Schuhbändern würde sogar sein kleiner Sohn tragen. Ich befürchte, diese Beweise reichen nicht aus“, sagt Kugelblitz.

„Jammerschade“, meint Sonja Sandmann.

„Na gut, wir werden der Spur auf jeden Fall nachgehen und Ankermann nicht aus den Augen lassen“, versichert Kugelblitz. „Er wird wegen

des versuchten Bankeinbruchs ohnehin für einige Zeit hinter Gittern sitzen."

Kugelblitz trinkt seine Tasse leer und vertieft sich wieder in die Akten auf seinem Schreibtisch.

In der Mittagspause ruft er seinen Neffen Martin an und sagt: „Ich denke, dein Verdacht war richtig, Martin. Die Indizienbeweise gegen Marios Vater waren gefälscht. Davon bin ich jetzt überzeugt. Ich brauche nur noch stichfeste Beweise. Ich hoffe, dass Marios Papa Weihnachten zu Hause feiern kann."

„Onkel Isidor, du bist der Beste!", jubelt Martin. „Danke für die gute Nachricht!"

„Ich bin nur so gut wie meine Assistenten. Assistenten wie du, Martin", sagt Kugelblitz ernst. „Toll, dass du dich so energisch für den Vater deines Freundes eingesetzt hast. Ich bin sicher, dass tatsächlich dessen ehemaliger Kollege Ronnie Ankermann hinter den falschen Spuren steckt. Vielleicht hat er sogar mit dem Fall ‚Kapuzenräuber' zu tun. Aber noch streitet er alles ab."

„Du findest die Beweise, Onkel Isidor", sagt Martin zuversichtlich.

„Ich arbeite daran", sagt Kugelblitz. „Es wäre aber besser, wenn du Mario noch nichts sagst, damit er nicht enttäuscht ist, falls uns der Bursche noch eine Weile an der Nase herumführt."

Frage an alle Detektive, die sich auch von einem gerissenen Spitzbuben wie Ronnie nicht austricksen lassen:

- Welche Indizien bringen KK und seine Assistenten auf die Idee, dass Ronnie vielleicht der Kapuzenräuber ist?

7. Juwelier Kummermaus

Zur gleichen Zeit plagen Juwelier Ingo Kummermaus schwere Geldsorgen. Er hat mit Aktien spekuliert und eine Menge Geld verloren. Jetzt weiß er nicht, wovon er die Rechnungen seiner Lieferanten bezahlen soll.

Bekümmert sitzt er mit seiner Frau beim Frühstück. Da fällt sein Blick auf die Überschrift des Leitartikels in der Morgenzeitung.

Auf dem Bild, das von der Überwachungskamera des Juweliers Reichelstein in der Klunkergasse aufgenommen wurde, ist der Täter mit Sonnenbrille und Kapuzenpullover deutlich zu erkennen.

Blitzschnell jagt Ingo Kummermaus eine Idee durch den Kopf: der Kapuzenräuber! Ein Räuber, der reihenweise Juwelierläden überfällt. Warum nicht auch seinen? Das ist die Rettung!

Kummermaus rückt seine Brille zurecht. „Sag mal, Elsiemäuschen, haben wir

Bald
Kapuzenräuber
noch immer nicht geschnappt!

unsere Versicherungsprämien immer rechtzeitig bezahlt?“

„Zum Glück ja“, seufzt Elsie und lässt die Zeitung sinken. „Aber du rechnest doch nicht mit einem Überfall? Bei uns gibt es doch nichts mehr zu holen.“

„Wie man es nimmt! Vielleicht ist doch noch nicht alles verloren, Elsieschätzchen“, sagt Kummermaus verschwörerisch. „Du kannst doch stricken?“

„Schon. Aber wozu? Soll ich Socken stricken und auf dem Weihnachtsmarkt verkaufen, damit wir nicht pleitegehen?“

„Nein, wir brauchen ganz schnell einen Wollschal. Hier steht, dass der Täter einen rot-weiß gestreiften Wollschal trug. Dazu schwarze Joggingschuhe und einen grauen Kapuzenpullover …“

Seine Frau lächelt listig. „Ich habe bereits einen rot-weiß gestreiften Wollschal, Ingobärchen“, sagt sie stolz. Sie hat sofort

kapiert, was ihr Mann meint, und fügt mit einem pfiffigen Lächeln hinzu: „Und einen grauen Kapuzenpullover auch …“

„Elsiemaus, du bist die Beste“, freut sich Kummermaus. „Wir sollten vorher unbedingt einen neuen Speicherchip in die Überwachungskamera einlegen.“ Er grinst. „Mein Plan ist nämlich filmreif!“

Zwei Fragen an alle Detektive, die ein wenig kriminelle Fantasie haben:

- Was plant der von Geldsorgen geplagte Juwelier Kummermaus?
- Weshalb will er einen neuen Speicherchip in die Überwachungskamera seines Ladens einlegen?

8. Kugelblitz ermittelt

Kugelblitz ist am nächsten Tag gerade wieder in seine Akten vertieft, da schrillt das Diensttelefon auf seinem Schreibtisch.

Es ist Polizeichef Klaus Bingo. Er ist ziemlich aus dem Häuschen: „Juwelier Ingo Kummermaus wurde soeben ausgeraubt!“, schnaubt er. „Vermutlich wieder der Kapuzenräuber! Ich möchte, dass Sie sich persöööönlich um die Angelegenheit kümmern, Isidor. Ich erkläre den Fall zur Chefsache und warte auf Ergeeeeebnisse. Und zwar schnell! Kugelblitzschnell! Der Geschädigte ist ein entfernter Verwandter des zweiten Bürgermeisters."

„Ich werde mich sofort um den Fall ‚Kummermaus' kümmern", versichert Kugelblitz. Seufzend legt er den Hörer auf. Wenn Bingo in diesem Ton spricht, liegt ein Gewitter in der Luft. Oder ein Tornado. Oder der Weltuntergang.

Da seine Assistenten alle unterwegs sind, fordert Kugelblitz seinen Kollegen Bremser von der Spurensicherung an und macht sich mit ihm auf den Weg zu Kummermaus.

Um 14.13 Uhr sind die beiden Kriminalbeamten am Tatort. Der kleine Juwelierladen und die dahinterliegende Goldschmiedewerkstatt sehen ziemlich verwüstet aus.

„Der Safe ist ausgeraubt!“, jammert Ingo Kummermaus. „Und ich hatte Rohdiamanten und wertvolle Schmuckstücke darin! Die Vitrine und das Schaufenster – alles leer!“

„Sie haben eine Videoüberwachung?“, bemerkt Kugelblitz mit einem Blick auf die kleine schwarze Kamera in der oberen Ladenecke neben dem Eingang.

„Ja, zum Glück“, sagt Kummermaus. „Hab ich ganz vergessen. Vielleicht ist ja ein Bild vom Täter drauf. Wie gut, dass ich gestern einen neuen Speicherchip eingelegt habe.“

„Haben Sie den Täter gesehen?“

„Nein, der Überfall passierte kurz nach 13.00 Uhr, als wir gerade oben in der Wohnung beim Essen waren. Es muss alles blitzschnell gegangen sein! Ich hörte ein verdächtiges Geräusch und habe nachgesehen. Da habe ich die Bescherung entdeckt. Das Fenster zum Hinterhof stand offen. Ich lief hin, um den Täter zu verfolgen. Aber ich hörte nur noch, wie ein Motorrad vom Hof fuhr …"

„Sieht aus, als habe der Täter sich hier gut ausgekannt", murmelt Bremser, der inzwischen mit geschultem Blick den Tatort genau untersucht hat. „Sie haben seit der Tat hier nichts angefasst, Herr Kummermaus?"

„Nein, natürlich nicht", versichert Kummermaus.

„Aber der Täter trug bestimmt Handschuhe, Herr Kommissar", meldet sich da Frau Kummermaus zu Wort, die gerade auf eleganten Stöckelschuhen die Treppe heruntergeklappert kommt. „Unsere Fingerabdrücke sind dagegen überall. Schließlich ist es unser Laden."

„Ist das Ihr Schlüsselbund?“, fragt Kugelblitz und deutet auf den Ladentisch.

„Es sind unsere Wohnungsschlüssel“, bestätigt Herr Kummermaus. „Hab ich gerade hingelegt.“

„Und da hängt auch der Safeschlüssel dran?“, erkundigt sich Bremser von der Spurensicherung.

„Ja, aber den brauchen wir jetzt nicht mehr“, seufzt Frau Kummermaus. „Das Schloss ist ja zerstört!“

„Hätte ich nur den Schlüssel heute Mittag im Laden liegen lassen, dann hätte der Dieb den Tresor wenigstens nicht aufgesprengt und alles verwüstet“, murmelt Kummermaus.

„Dann würden Sie aber Ärger mit Ihrer Versicherung bekommen, weil Sie es dem Einbrecher zu leicht gemacht hätten“, sagt Kugelblitz.

„Es war der Kapuzenräuber! Mein Mann hat den rot-weiß gestreiften Schal deutlich erkannt, als der Kerl mit einem Rucksack auf dem Rücken auf seinem Motorrad davonbrauste“, mischt sich Frau Kummermaus aufgebracht ein. „Er hat auch – genau wie beim Kollegen Reichelstein in der Klunkergasse – das Schloss mit einer kleinen Ladung Dynamit aufgesprengt!

Ich habe gehört, wie es krachte. Erst dachte ich, es sei die Fehlzündung eines Motorrads …“

„Sie haben recht!“, sagt Kugelblitz, als sie wenig später gemeinsam die Filmaufnahmen der Videokamera betrachten. „Es könnte der Kapuzenräuber sein! Er trägt

einen grauen Pulli mit Kapuze. Von seinem Gesicht ist leider nichts zu sehen. Aber der Schal ist deutlich zu erkennen."

„Derselbe Schal – oder besser: der gleiche – wie bei Juwelier Reichelstein", sagt Bremser zu Kugelblitz.

Kugelblitz studiert die Videoaufnahme noch einmal genau.

„Weder noch", sagt er dann mit einem amüsierten Lächeln über die sprachliche Feinheit. „Und deshalb, liebe Familie Kummermaus, muss ich Sie leider wegen Vortäuschung einer schweren Straftat verhaften."

Fragen an alle Detektive, denen der Unterschied zwischen „der gleiche“ und „derselbe“ nicht die Sprache verschlägt:

- Welche fünf Dinge entdecken Kugelblitz und Bremser auf der Videoaufnahme, die verraten, dass dies nicht der echte Kapuzenräuber war, sondern der Überfall gestellt ist?
- Durch welche Aussage haben sich die „Kummermäuse“ außerdem verraten?

9. Pommes als Filmstar

Polizeiobermeister Fritz Pommes schwebt auf rosa Wolken, weil er überraschend in einer neuen Folge der beliebten Tatort-Krimis mitspielen soll.

Die Freddy-Fuzzy-Filmgesellschaft (FFF) hat im Kommissariat angerufen. Der Filmkollege habe sich am Vortag beim Schlittschuhlaufen das Kreuzband am Knie gerissen und könne nicht weiterspielen. Jetzt soll für die Verfolgung der Bankräuber ein echter Kriminaler mit seinem Einsatzfahrzeug einspringen.

Drehort: die Filiale der Dresdner Bank am Jungfernstieg.

„Bis Morgen also!“, ruft Pommes, als er sich mittags für die Dreharbeiten verabschiedet.

„Blamier uns nicht vor der Kamera!“, schmunzelt Kugelblitz.

„Krieg ich hinterher ein Autogramm?“, ruft Sonja Sandmann, die gerade ihren

Computer startet. Aber da ist der neue Superstar am Filmhimmel schon vergnügt pfeifend auf und davon.

„Vielleicht wird er ja wirklich entdeckt und geht für immer zum Film?“, scherzt Zwiebel. Es klingt ein bisschen neidisch.

„Zumindest werden da alle Fälle spielend in neunzig Minuten gelöst. Wir müssen monatelang hart dafür arbeiten“, seufzt Kugelblitz.

Die Dreharbeiten der Freddy-Fuzzy-Filmgesellschaft vor der Filiale der Dresdner Bank laufen wie geplant: blauer Himmel, weiße Wolken, Sonnenschein.

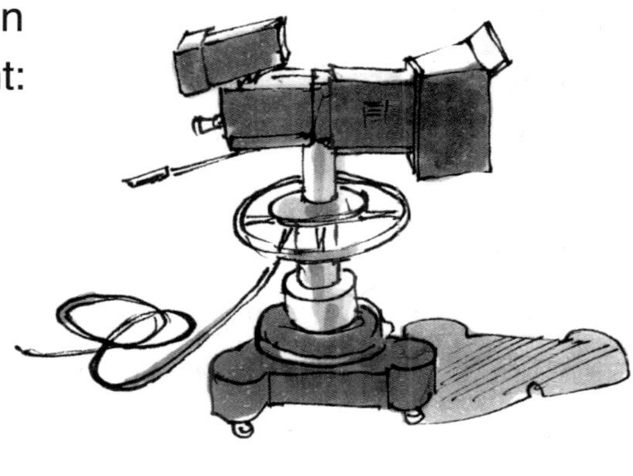

Die Alster zeigt sich heute von ihrer allerbesten Winterseite. Also optimales Filmwetter!

Gegen 14.00 Uhr stürmen die Filmräuber mit prallen Geldtaschen aus der Bank. Kurz darauf kommt Pommes mit seinem Einsatzwagen beim Neuen Wall um die Ecke gefegt und nimmt die Verfolgung auf. Die Kameras laufen. Es sieht sehr dramatisch aus.

Die Schar der Neugierigen, die sich auf der gegenüberliegenden Straßenseite hinter der Absperrung drängt, sieht begeistert zu.

„Echt wie im Fernsehen!“, sagt einer.

Um 14.02 Uhr erreicht das Kommissariat der Anruf eines aufgeregten Apothekers. Er berichtet, dass in der Deutschen Bank in der Nähe vom Jungfernstieg ein Überfall stattfindet. Er habe ganz deutlich Schüsse gehört.

BANK

„Beruhigen Sie sich“, tröstet Kugelblitz den Anrufer. „Das ist kein echter Überfall, das sind nur Filmaufnahmen. Eine neue Tatort-Folge. Ich weiß es genau, weil ein Kollege von uns mitspielt.“

„Dann ist ja alles in Ordnung!“, sagt der Mann erleichtert.

Allerdings meldet sich fünf Minuten später der Kassierer der Deutschen Bank am Gänsemarkt und berichtet, dass dort gerade ein echter Überfall stattgefunden habe: „Ich kam etwas verspätet aus der Mittagspause zurück, weil ich nebenan am Jungfernstieg bei den Filmaufnahmen zugesehen habe. Da musste ich feststellen, dass inzwischen ein *richtiger* Krimi in meiner Bank abgelaufen war. Die Räuber haben die Mitarbeiter mit Schreckschüssen eingeschüchtert und im Kassenraum eingeschlossen. Ich konnte sie zum Glück befreien. Aber die Täter sind mit einer Beute von rund fünfzigtausend Euro entkommen."

„Übernehmt ihr das?", fragt Kugelblitz seine Assistenten Sonja Sandmann und Peter Zwiebel.

„Klar! Jetzt kriegen wir auch unseren filmreifen Auftritt. Komm, Zwiebel!", ruft Sonja Sandmann und springt auf. Die beiden stürmen nach draußen zu ihrem Einsatzwagen und fahren zum Tatort.

„Apropos Film“, murmelt Kugelblitz und sieht den beiden nach. „Ich denke, wir sollten die Kameraleute des FFF-Filmteams fragen, ob sie die Flucht der Täter zufällig gefilmt haben. Schließlich waren sie zur Tatzeit in der Nähe des Tatorts.“

Er wird Pommes bitten, bei der Filmfirma deshalb nachzufragen.

Die Befragung der Bankangestellten durch Sonja Sandmann und Peter Zwiebel ergibt, dass zwei Männer den Banküberfall durchgeführt haben. Sie trugen gestreifte Wollschals sowie dunkle Kapuzenpullover und sind auf den Bildern der Überwachungskameras der Bank deutlich zu erkennen – beide mittelgroß mit Sonnenbrillen. Leider sind sie entwischt.

Und dann kommt am nächsten Morgen noch eine Nachricht, die Kugelblitz nicht gerade heiterer stimmt: Pommes berichtet zerknirscht, dass sich die Freddy-Fuzzy-

Filmgesellschaft über Nacht in Luft aufgelöst hat. „Spurlos verschwunden, Chef. Meine Gage habe ich auch nicht bekommen. Und das Handy, von dem aus der Regisseur mit mir telefoniert hat, ist inzwischen als gestohlen gemeldet."

„Kombiniere ...", murmelt Kugelblitz. „Das Filmteam war eine Luftnummer. Die Dreharbeiten dienten nur als Ablenkungsmanöver. Die Filmleute stecken vermutlich mit den Bankräubern unter einer Decke."

Hier eine Frage an alle Detektive, die auch auf Kleinigkeiten achten:

- Weshalb hätte Kugelblitz merken müssen, dass die Hinweise des Apothekers nichts mit den Filmaufnahmen zu tun hatten?

10. Ausflug in die Heide

Nach Tagen voller Aufregung und Arbeit freut sich Kugelblitz auf den Wochenendausflug zu seinem alten Schulfreund Tütü in die Lüneburger Heide.

Er hat seinem Neffen Martin versprochen, dass sie dort gemeinsam einen schönen Tannenbaum aussuchen und dann in Lüneburg auf den Weihnachtsmarkt gehen, wie im vergangenen Jahr. Das Wetter ist herrlich.

„Ich hab schon befürchtet, es klappt diesmal nicht mit unserem Heideausflug", sagt Martin, als er neben Kugelblitz im Zug nach Lüneburg sitzt.

„Versprochen ist versprochen", antwortet Kugelblitz. „Ich kann ein bisschen Entspannung gut gebrauchen. Und Tütü freut sich schon auf uns. Du weißt ja, dass er früher Formel-1-Rennfahrer war. Jetzt fährt er einen Landrover, mit dem er gemütlich über die Feldwege zuckelt. Er holt uns in Lüneburg am Bahnhof ab."

Tütü lebt seit einiger Zeit in einem Bauernhaus in der Heide. Er wartet in seinem Wagen auf den Besuch aus Hamburg.

Kurz nachgefragt:

- Findest du auf Anhieb das Auto aus Lüneburg?

„Gut, dass ihr warm angezogen seid und Mützen aufhabt!“, ruft Tütü nach der Begrüßung. „Wir fahren mit offenem Dach! Erst holen wir den Baum. Der Forstmeister hat einige Tannen markiert. Wir dürfen uns eine davon aussuchen.“

Bis zum Forstrevier ist es nicht weit. Der beste Tannenbaum ist schnell gefunden.

„Er ist noch schöner als der vom letzten Jahr“, findet Martin.

Sie binden den Baum hinten auf Tütüs Wagen und fahren weiter nach Lüneburg.

Als sie vor dem Rathaus zwischen den Buden mit dem glitzernden Weihnachtsschmuck stehen, macht Tütü ein Foto von Martin und Kugelblitz.

Drei Männer in dunklen Anoraks sehen ihn verärgert an.

„Sie sind auch auf dem Foto. Soll ich Ihnen einen Abzug schicken?“, fragt Tütü freundlich.

Doch die Männer murmeln nur etwas Unfreundliches vor sich hin und verschwinden dann in der Menge.

Beim Bummel über den Markt ruft Tütü plötzlich: „Mist! Meine Kamera ist weg!"

„Taschendiebe auf dem Weihnachtsmarkt – das ist leider keine Seltenheit“, sagt Kugelblitz bekümmert. „Aber wir sollten uns davon die Stimmung nicht verderben lassen. Ich lade euch zu einem leckeren Punsch ein, wie wär's?“

Am Abend sitzen die drei im alten Bauernhaus vor dem Kamin, in dem Tütü ein gemütliches Feuer gemacht hat. Sie sehen in die Flammen und wärmen sich Hände und Füße.

Draußen ist es kalt geworden. Gegen 20.00 Uhr beginnt es zu schneien.

Tütü holt von draußen neues Feuerholz.

Über dem Kamin blubbert der Kessel mit der Erbsensuppe. Dazu gibt es Knackwürste und selbst gebackenes Brot. Und dann wird erzählt und erzählt.

Tütü berichtet von der Zeit, als er Abenteuerreisen in die ganze Welt unternommen hat, Kugelblitz gibt den einen oder anderen seiner spannendsten Fälle zum Besten.

Martin hört begeistert zu.

„Genau so hab ich mir ein erholsames Wochenende in der Heide vorgestellt“, sagt Kugelblitz, als sie schließlich gegen 22.30 Uhr ins Bett gehen.

Es dauert gar nicht lange, dann schlafen alle drei tief und fest in ihren warmen Betten.

Vier Fragen an alle Detektive, die jetzt nicht eingeschlafen sind wie Kugelblitz:

- Welches Kraut wächst in der Heide?
- Wann beginnt es zu schneien?
- Welchen Beruf hatte Tütü früher?
- Wen hat Tütü auf dem Weihnachtsmarkt fotografiert?

11. Der Müllionär

Eine knappe Viertelstunde von Tütüs Bauernhaus entfernt liegt die Villa von Wolfgang Amadeus Müller.

Die Nachbarn in dem kleinen Ort haben ihm den Spitznamen „Müllionär“ gegeben, weil er mit einer neuen Idee zur Abfallbeseitigung eine ganze Menge Geld verdient hat. Jetzt lebt er im Ruhestand und kümmert sich nur noch um seine Sammlung: Goldmünzen aus aller Welt.

Wolfgang Amadeus Müller schläft – im Gegensatz zu Kugelblitz, Martin und Tütü – etwas unruhig in dieser Nacht, weil er bei einer Geburtstagsfeier im nahe gelegenen Försterhaus etwas zu viel von dem leckeren Heidschnuckenbraten verzehrt hat. Schließlich nimmt er eine Schlaftablette …

Aber auch wenn er wach geblieben wäre, hätte er vermutlich die drei Männer in den dunklen Kapuzenpullovern nicht bemerkt, die kurz vor Mitternacht am Gartenzaun der Villa entlangschleichen. Der Vollmond wirft drei gespenstische Schatten auf den Schnee. Das Gartentor quietscht leise, als die Männer das Grundstück betreten. Sie umkreisen in einiger Entfernung das Haus. Nirgends brennt Licht.

„Die pennen“, brummt der Anführer zufrieden.

„Bist du sicher, Eddie?“, flüstert sein Hintermann.

„Bombensicher! Müller nimmt oft Schlaftabletten und seine Frau legt nachts ihr Hörgerät ab“, antwortet Eddie. „Das weiß ich von meiner Freundin Amanda.“

„Trotzdem: Ricardo soll einen Testanruf machen“, schlägt der Dritte vor. Er heißt Emilio und ist immer auf Vorsicht bedacht. „Dann werden wir ja sehen, ob drinnen einer Licht anmacht.“

„Nimm mein Handy“, sagt Eddie. „Die Nummer ist eingespeichert unter ‚A‘ wie ‚Amanda‘. Die erste Zeile im Telefonbuch.“

Ricardo wählt die Nummer. Drinnen hört man das Telefon klingeln, aber es rührt sich niemand. Es geht auch kein Licht an. Jetzt schiebt sich eine dunkle Wolke vor den Mond. Es beginnt wieder zu schneien.

„Worauf warten wir noch?“, brummt Eddie. „Es geht los!“

Einer hinter dem anderen huschen die drei über die verschneite Rasenfläche zum Haus.

In der hundert Meter entfernten Nachbarvilla zur Rechten bellt ein Hund. Licht wird eingeschaltet und ein Fenster wird geöffnet. Ein Mann in einer grün-weiß gestreiften Pyjamajacke sieht heraus. Der Hund bellt immer noch.

Die drei Einbrecher werfen sich flach hinter einen Busch auf die Erde und gehen in Deckung.

„Da ist keiner, Anton“, beruhigt der Nachbar seinen Hund und schließt das Fenster wieder.

„Puh, das ist noch einmal gut gegangen! Ein Glück, dass er den Hund nicht in den Garten gelassen hat“, schnauft Ricardo erleichtert.

Seit ihn bei einem Einbruch ein Schäferhund in die linke Pobacke gebissen hat, hat er Respekt vor wachsamen Vierbeinern.

„Los, kommt endlich!“, fordert Eddie seine Kumpel auf.

Das dritte Kellerfenster von links an der Nordseite des Hauses ist nur angelehnt.

Eddie grinst. Auf Amanda ist Verlass! Sie drücken das Fenster auf und klettern ins Haus.

Sorgfältig verriegelt Eddie das Fenster wieder von innen. So ist es abgesprochen, damit kein Verdacht auf Amanda fällt.

Sie huschen ins Erdgeschoss hinauf.

„Und jetzt die Alarmanlage!“, sagt Eddie.

Er tippt den achtstelligen Code ein, der die Anlage unscharf macht. Er hat die Zahl auf seinen Handrücken geschrieben.

„Schuhe ausziehen, damit wir keine Spuren hinterlassen!“, befiehlt Emilio.

Auf Strümpfen schleichen die drei die Treppe zum ersten Stock hinauf. Zwei der alten Holzstufen knarren. Als Emilio auf dem frisch polierten Holz ausrutscht, zieht er vorsichtshalber auch noch seine Socken aus und stopft sie in die Hosentasche.

„Es ist affenheiß im Haus“, murmelt er. „Oder schwitz ich bloß vor Aufregung?“

„Der Tresor mit der Münzsammlung ist in der Bibliothek, die rechte Tür am Ende des Flurs“, flüstert Eddie.

„Wissen wir doch“, murmelt Ricardo.

Auf Zehenspitzen betreten sie die Bibliothek.

Eddie leuchtet mit der Taschenlampe die Bücherwand ab. „Da! Hinter den Lexikonbänden muss es sein!“, murmelt er aufgeregt. „Buchstabe ‚E‘ wie ‚Eddie‘ hat Amanda gesagt.“

Er findet den verdeckten Schalter hinter einem der Lexikonbände. Als er daraufdrückt, gleitet die Bücherwand zur Seite und die Stahltür eines Tresors wird sichtbar. Ricardo holt das Werkzeug aus seinem Rucksack.

„Nimm den Laserschneider“, sagt Eddie. „Ich halte die Lampe.“

Und dann machen sich die drei an die Arbeit …

Die alte Standuhr in der Diele schlägt halb eins, als die drei Gangster mit prall gefüllten Rucksäcken die Treppe zum Erdgeschoss hinunterschleichen.

„Nehmen wir den Küchenausgang“, schlägt Eddie vor. „Da hört uns der verflixte Hund nicht.“

Ricardo drückt auf die Klinke der Küchentür. „Mist! Abgeschlossen!“, stellt er fest.

„Hast du Tomaten auf den Augen?“, herrscht ihn Eddie an. „Der Schlüssel hängt am Gewürzregal, gleich neben deiner Nase.“

Kurz nachgefragt:

- Mit welchem Schlüssel lässt sich die Küchentür öffnen?

Ricardo findet den richtigen Schlüssel, sperrt auf und öffnet die Tür.

Inzwischen haben die Wolken den ganzen Himmel überzogen. Es ist stockfinster. Ein kalter Windzug fegt durch ihre Haare. Der Gartenweg ist vom Schnee bedeckt.

„Mann, unsere Schuhe!“, ruft Emilio erschrocken. Seine Zähne klappern beim Anblick des verschneiten Bodens.

„Bin schon unterwegs!“ Ricardo läuft in die Eingangshalle zurück, wo sie die Schuhe am Fuß der Treppe ausgezogen haben.

„Ich seh inzwischen im Kühlschrank nach, ob ein Bierchen drin ist. Ich hab einen total trockenen Hals“, sagt Eddie.

Er öffnet den Kühlschrank. Das Licht der Innenbeleuchtung fällt auf sein überraschtes Gesicht: „Mann, der Alte hat einen guten Geschmack. Trinkt meine Lieblingsmarke: Pils aus Pilsen!“

Er greift nach der Flasche.

„Keine Fingerabdrücke hinterlassen“, ermahnt ihn Emilio.

„Wir haben doch noch Handschuhe an, du Blödmann“, knurrt Eddie. Er öffnet die Flasche an der Tischkante, setzt sie an die Lippen und trinkt sie in einem Zug leer.

Jetzt kommt Ricardo mit den Schuhen. „Ein Bierchen? Gute Idee!“, sagt er und schnappt sich ebenfalls eine Flasche.

Da kann auch der übervorsichtige Emilio nicht widerstehen.

„Das haben wir uns unehrlich verdient“, grinst Eddie.

Die leeren Flaschen landen geräuschlos im Mülleimer. Die drei schlüpfen in ihre Schuhe. Eddie sieht sich um, ob sie verräterische Spuren hinterlassen haben. Er kann aber nichts entdecken. Da legt er selbst eine Spur: Er zieht aus seiner Jacke einen Zeitungsartikel mit der Überschrift *Der gefährliche Kapuzenräuber* und legt ihn deutlich sichtbar auf den Küchentisch.

„Mit freundlichen Grüßen an die Polizei!“, grinst Eddie.

Es hat aufgehört zu schneien. Geräuschlos entfernen sich die drei dunklen Gestalten mit ihrer Beute im Schutz der Nacht.

Zwei Fragen an alle Detektive, die die Tat genau mitverfolgt haben:

- Welche fünf Spuren haben die Täter, trotz aller Vorsicht, hinterlassen?
- Hat jemand etwas von dem Einbruch bemerkt?

12. Die Ermittlungen

Als das Hausmädchen Amanda am nächsten Morgen mit den Frühstücksbrötchen kommt, steht ein Polizeiwagen vor der Müller'schen Villa.

Frau Müller wird gerade befragt. Sie ist blass.

„Was ist denn los?“, Amanda sieht besorgt aus.

„Heute Nacht ist bei uns eingebrochen worden“, sagt Frau Müller. „Der Kapuzenräuber!“ Sie deutet auf den Zeitungsartikel auf dem Küchentisch.

„Wo ist Ihr Mann? Es ist ihm doch hoffentlich nichts passiert?“, erkundigt sich Amanda ehrlich erschrocken.

„Nein, nein. Wir haben fest geschlafen und den Einbruch erst heute Morgen entdeckt, als ich die Brille für meinen Mann aus der Bibliothek holen wollte. Da habe ich gleich die Polizei verständigt und auch bei Herrn Tütü angerufen. Ich wusste ja, dass ein berühmter Kommissar bei ihm zu Gast ist. Da kommt er." Sie deutet auf Kugelblitz, der gerade mit seinem Kollegen Löns aus Lüneburg die Treppe herunterkommt.

„Nun übertreiben Sie aber, liebe Frau Müller", mischt sich Kugelblitz lachend in das Gespräch ein. Er schnuppert. „Kombiniere, das ist Ihr Hausmädchen Amanda mit den frischen Frühstücksbrötchen?"

„Sehen Sie, ich habe es doch gesagt: Er errät sogar, was Amanda in der Tüte hat!", scherzt Frau Müller und lacht.

„Bestimmt wird Kollege Kugelblitz uns helfen, blitzschnell Klarheit in diesen Fall zu bringen“, versichert Kommissar Löns. Dann wendet er sich an Amanda und sagt: „Mein Kollege Kugelblitz hat ein paar Fragen an Sie, während ich mich weiter um die Leute von der Spurensicherung kümmere.“ Löns deutet auf die Leute, die überall im Haus mit ihren Detektivkoffern und Fotoapparaten unterwegs sind.

„Fragen? An mich?“, haucht Amanda überrascht. „Aber ich war doch gar nicht da, als es passierte.“

„Könnte ja sein, dass Ihnen in letzter Zeit etwas Verdächtiges aufgefallen ist. Außerdem brauchen wir Ihre Fingerabdrücke“, erklärt Kugelblitz nachsichtig.

„Die sind überall. Schließlich mache ich hier täglich sauber und räume auf. Sie verdächtigen doch nicht etwa mich?“, sagt Amanda gekränkt. „Ich habe mit dem

Einbruch nichts zu tun. Ich war bei meiner Schwester in Celle. Da haben wir zusammen in ihren Geburtstag hineingefeiert. Mindestens zwanzig Leute können bezeugen, dass ich um Mitternacht nicht hier war!“

„Das werden wir gern überprüfen“, murmelt Kugelblitz. „Offensichtlich ist der Räuber, vermutlich waren es sogar mehrere, durch die Küchentür hereingekommen. Die war nicht abgeschlossen.“

„Unmöglich!“, ruft Amanda empört. „Ich habe die Hintertür gestern abgeschlossen, nachdem ich den Müll rausgebracht habe.“

„Stimmt!“, bestätigt Frau Müller. „Die Tür war abgeschlossen. Ich habe das kontrolliert, ehe ich abends die Alarmanlage eingeschaltet habe. Das mache ich immer, bevor wir ins Bett gehen.“

Jetzt kommt Herr Müller dazu und will wissen, wann es Frühstück gibt. „Ich muss meine Tabletten nehmen“, bemerkt der alte Herr.

„Bin schon unterwegs“, sagt Amanda und verschwindet mit den Brötchen.

„Wenn Sie uns brauchen, wir sind im Frühstückszimmer“, sagt Frau Müller und führt ihren gehbehinderten Mann zu seinem Lieblingssessel.

„Habt ihr Papierkörbe, Briefkasten, Telefon und Mülleimer nach Spuren untersucht?“, erkundigt sich Kugelblitz bei den Leuten der Spurensicherung.

„Aber klar doch. Das gehört auch bei uns auf dem Land zur Routine“, versichert Löns. „Wir haben drei Pfandflaschen im Mülleimer in der Küche gefunden. Das ist ungewöhnlich. Normalerweise stellt man die leeren Flaschen in den Kasten zurück, oder nicht?“

„Hm“, brummt Kugelblitz nachdenklich. „Außerdem hat das Hausmädchen gesagt, dass sie den Müll hinausgetragen habe, ehe sie die Tür abgeschlossen hat. Sie müssen also hinterher dorthin gelangt sein."

Die Müllers können sich die leeren Flaschen nicht erklären, denn sie haben schon länger kein Bier mehr getrunken.

„Dann gibt es nur eine Lösung: Die Einbrecher haben die Flaschen geleert", kombiniert Kugelblitz. „Bringt sie ins Labor. Die Täter trugen zwar Handschuhe, aber wenn sie direkt aus der Flasche getrunken haben, finden wir dort Speichelreste und damit DNA-Spuren!"

Jetzt kommt einer der Beamten zurück, der sich in der Nachbarschaft umgehört hat: „Der Nachbar Valeske sagt, um Mitternacht habe sein Hund Anton gebellt. Er habe daraufhin aus dem Fenster gesehen, aber nichts Verdächtiges bemerkt."

„Tatzeit vermutlich um Mitternacht", notiert Kugelblitz.

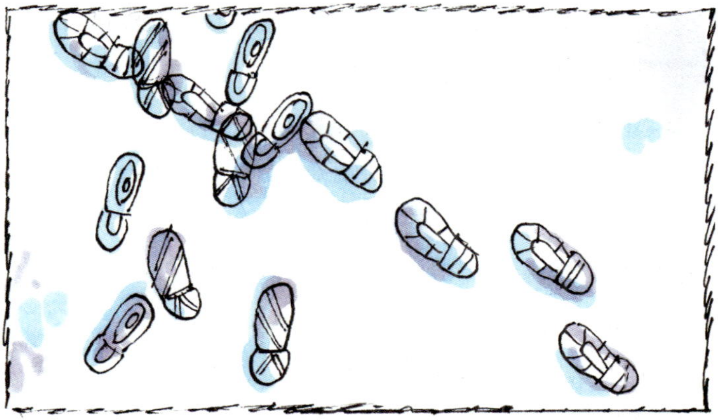

„Als der Hund bellte, haben sich die Burschen flach hinter die Büsche geworfen. Wir haben im Schnee drei Körperabdrücke und auch Schuhabdrücke auf dem Gehweg gefunden“, berichtet der Ermittler.

Kurz nachgefragt:

- Wie viele verschiedene Schuhabdrücke kannst du erkennen?

„Nun, da haben wir doch schon allerhand Hinweise“, murmelt Kugelblitz zufrieden. „Hat jemand das Telefon überprüft?“

„Kurz vor Mitternacht ist der Anrufbeantworter angesprungen. Es wurde aber keine Nachricht hinterlassen“, bedauert der Ermittler.

„Klingt nach Kontrollanruf“, vermutet Kugelblitz. „Haben Sie die Nummer festgestellt?“

„Die Kollegen sind dabei. Der Anruf kam von einem Handy.“

Ein Anruf bei der Telefongesellschaft und der Besitzer des Handys steht fest: Er heißt Eddie Lewinski.

Als die Polizei bei Eddie Lewinski in Salzhausen auftaucht, ist Eddie die Unschuld in Person: „Ich habe vor Kurzem mein Handy verloren. Da muss ein anderer telefoniert haben.“

„Moment mal“, sagt Kugelblitz und wählt die Handynummer des angeblich verlorenen Telefons. Es klingelt in der Jacke an der Garderobe des Verdächtigen.

„Das ist nicht meine Jacke“, versichert Lewinski. „Die muss jemand hängen gelassen haben. Es waren gestern ein paar Kumpels zum Biertrinken und Fußballgucken hier.“

Kugelblitz entdeckt auf dem Flurtisch eine kleine Kamera, die der seines Freundes Tütü verflixt ähnlich sieht.

„Die Kamera hat wohl auch einer ihrer Freunde liegen lassen?“, erkundigt sich Kugelblitz.

„Nein, nein, die gehört mir“, versichert Lewinski rasch.

„Ich vermute allerdings, sie gehört meinem Freund Tütü“, sagt Kugelblitz und lächelt. „Das kann ich Ihnen leicht beweisen. Aber dazu kommen Sie bitte mit in das

Büro von Kommissar Löns. Dort müssen wir dringend noch einiges klären. Sie haben ja sicher nichts dagegen, dass sich meine Kollegen hier in der Zwischenzeit noch ein wenig umsehen."

Beim Hinausgehen bleibt sein Blick noch einmal an der Flurgarderobe hängen und er lächelt zufrieden.

Frage an alle kugelblitzgescheiten Detektive:

- Was hat Kugelblitz im Flur entdeckt, das ihn zum Schmunzeln bringt?

13. Bingo fällt aus allen Wolken

„Ich denke, Sie hatten am Wochenende dienstfrei und wollten mit Ihrem Neffen zum Tannenbaumschlagen, Isidor?“, erkundigt sich Polizeichef Bingo am Dienstagmorgen verblüfft. „Doch was lese ich hier?“ Er zeigt auf den Bericht auf seinem Schreibtisch. „Sie haben angeblich den Kapuzenräuber gefasst. Einen gewissen ...“ Er setzt die Brille auf, um den Namen zu entziffern. „... einen gewissen Eduard Lewinski. Schön und gut. Aber was ist mit dem Raub bei Reichelstein und Kummermaus?“

„Der Fall Kummermaus war ein Versicherungsbetrug, wie wir gleich vermutet haben“, sagt Kugelblitz. „Kummermaus und seine Frau haben versucht, den Kapuzenräuber nachzuahmen, und dabei ein paar dumme Fehler gemacht.“

„Und Ronnie Ankermann? Hat der nun die Spuren am Tatort im Kaufhaus City-Center gefälscht oder nicht?“, will Bingo wissen.

„Hat er“, bestätigt Kugelblitz. „Und er ist einer der sieben Kapuzenräuber.“

„Siiieben?“, fragt Bingo ungläubig. „Das ist nicht Ihr Ernst.“

„Sieben auf einen Streich! Wie beim tapferen Schneiderlein“, schmunzelt Kugelblitz. „Drei haben wir beim Einbruch in die Hansa-Bank geschnappt: diesen Ronnie und seine beiden Freunde. Drei andere Gauner haben Müller überfallen. Ihre ‚Künstlernamen‘ sind Eddie, Ricardo und

Emilio. Ihr Pech war, dass Kollege Löns und ich gleich am Tatort waren. Unser Glück, dass wir ihnen schon auf dem Lüneburger Weihnachtsmarkt begegnet sind und mein Freund Tütü zufällig einen Schnappschuss von ihnen gemacht hat. Worauf sie seine Kamera klauten …"
Kugelblitz schildert, wie sie mithilfe der Kamerabilder und des Handys die drei Gauner überführen konnten.

„Die Ganoven kennen sich alle aus der früheren Zusammenarbeit beim Wachdienst Argo. Ihre Idee war, mit der gleichen Verkleidung an verschiedenen Orten ähnliche Taten zu begehen und so die Polizei zu verwirren. Dann gingen sie dazu über, auch größere Coups durchzuführen. Aber wir haben diese Kapuzennummer durchschaut und sind ihnen auf die Spur gekommen."

„Fabelhaft", schwärmt Bingo – und das klingt aus seinem Mund so, als hätte man eine Medaille bei den Olympischen Spielen gewonnen. „Aber das sind erst sechs", stutzt er plötzlich. „Falls ich mich nicht verzählt habe."

„Die Siebte ist eine Frau: das Hausmädchen Amanda. Ihre Aufgabe war es, die Einbrüche vorzubereiten. Sie hat nicht nur bei Müllers als Hausmädchen, sondern auch einige Zeit vorher beim Juwelier Reichelstein in der Klunkergasse als Köchin gearbeitet. Das haben unsere Nachforschungen ergeben."

„Donnerwetter", staunt Bingo.

„Die Beute aus dem Raub bei Juwelier Reichelstein haben wir in einem Schließfach gefunden, in dem auch die geraubte Münzsammlung von Wolfgang Amadeus Müller und die Beute aus anderen Überfällen lagen. Den Schließfachschlüssel haben wir unter Lewinskis Matratze entdeckt."

„Großartig! Ich werde meinen Schwager Reichelstein gleich anrufen!", jubelt Bingo und greift zum Telefon.

„Darf ich mich vorher verabschieden?", bittet Kugelblitz. „Ich habe noch einen Auftrag als Weihnachtsmann zu erledigen – bei einem kleinen Jungen namens Mario Scorta, dem ich verkünden kann, dass Ronnie Ankermann unter dem Druck der Beweise den Überfall im Kaufhaus nun gestanden hat. Die Ehre von Herrn Scorta ist somit wiederhergestellt. Jetzt kann die Familie gemeinsam fröhliche Weihnachten feiern."

Eine Frage an alle Detektive, die auch bei einem so turbulenten Kapuzenfall den Überblick nicht verloren haben:

- Wie heißen die sieben Kapuzenräuber?

14. So eine Bescherung!

„Mann, hast du dich fein gemacht, Pommes!“, ruft Sonja Sandmann, als sie ihrem Kollegen im feinen Anzug auf der Treppe zum Polizeipräsidium begegnet.

„Ich bin nach unserer Weihnachtsfeier noch mit einer Freundin verabredet“, gesteht Pommes und bekommt einen roten Kopf. „Ich werde deshalb ein bisschen früher gehen.“

„Ist es die junge Frau von der Bank?“, erkundigt sich Sonja Sandmann neugierig.

„Nein, eine nette Rothaarige, die ich bei den Dreharbeiten am Jungfernstieg kennengelernt habe“, verrät Pommes.

„Soso, Pommes und ein Filmstar!“, lächelt Sonja. „Übrigens, hast du heute den Zeitungsbericht gelesen? Da werden wir tüchtig gelobt.“ Sie zieht die Abendzeitung aus der Tasche. „Lewinskis Bild ist sogar auf der Titelseite!“ Sie tippt auf das Bild und reicht Pommes die Zeitung.

„Lass sehen“, sagt Pommes. Er starrt auf das Bild und wird blass. „Weißt du, wer das ist?“

„Na klar, der Chef der Kapuzenbande“, sagt Sonja Sandmann. „Und das neben ihm ist seine Komplizin Amanda.“

„Das ist … das ist der falsche Filmregisseur, der mich engagiert hat. – Und das neben ihm ist …“ Der Rest des Satzes bleibt ihm im Halse stecken.

„Die Dame, mit der du heute Abend verabredet bist?“

Pommes nickt.

„Da haben wir die Bescherung“, sagt Sonja Sandmann.

„Ich konnte doch nicht ahnen, dass sie mit dem Betrüger unter einer Decke steckt, Sandmännchen“, murmelt Pommes geknickt.

„Ich fürchte, dann wirst du heute doch die Weihnachtsfeier in voller Länge mit uns durchstehen müssen. Komm mit und lass den Kopf nicht hängen!“ Sie hakt ihn unter. Gemeinsam streben sie dem Saal zu, in dem die Feier stattfinden soll.

„Herzlichen Glückwunsch!“, ruft Polizeipräsident Klaus Bingo, als die beiden den weihnachtlich geschmückten Raum betreten. Er kommt mit ausgestreckter Hand auf sie zu. „Aber wo ist Ihr Chef?“

„Der ist in einem brandeiligen Fall unterwegs“, erklärt Sonja Sandmann.

„Ach ja, ich weiß, der spielt noch Weihnachtsmann bei diesem Jungen. Er sollte sich lieber mal eine Pause gönnen. Nachdem wir jetzt den Fall ‚Kapuzenräuber' so schnell aufgeklärt haben. Eine großartige Leistung! Mit diesem Lewinski und seiner Bande ist uns ja wirklich ein sensationeller Fang gelungen. Wirklich absolut sensationell."

Sonja Sandmann muss schmunzeln. Bingo redet tatsächlich von „uns" und „wir", wenn ein Fall gelöst ist. Vorher klingt es immer ganz anders!

„Ich fürchte, wir Assistenten werden gleich dringend gebraucht", sagt Sonja Sandmann und deutet auf ihren Kollegen Peter Zwiebel, der an der Tür zum Festsaal steht und heftig winkt.

Bingo schreitet zum kalten Büfett. „Ist auch Arbeit", brummt er, als er den vollgeladenen Teller zum Tisch balanciert und neben seinen Kollegen aus dem Präsidium Platz nimmt.

„Jetzt kommt noch die Bescherung“, sagt einer. „Ich freu mich immer darauf wie ein Kind!“

Da erklingt ein bekanntes Weihnachtslied aus der Musikanlage, die Tür geht auf und ein dicker Weihnachtsmann mit langem weißem Bart kommt herein, begleitet von drei Engeln.

„Aaaaaaah“, sagt Klaus Bingo gedehnt. „Donnerwetter, mein tüchtigster Mann! Er hat es sich nicht nehmen lassen, auch diesen Fall selbst zu übernehmen. Sozusagen undercover. Die Rolle ist ihm schließlich auf den Leib geschrieben: Kugelblitz als Weihnachtsmann, was für eine glänzende Idee!“

Inhalt